M. L. Barragán

M. L. Barragán

TARQUIUS
Bestiario

M. L. Barragán

Primera edición, 2022

Tarquius. Relatos de un Mundo Eterno, 2018

D.R. Leonel Barragán

Impreso en México/Printed in Mexico

M. L. Barragán

Prefacio

Desde pequeño, siempre he amado el diseño de nuevos animales y bestias que habiten en mundos fantástico; incluso antes de escribir novelas, poseía varios cuadernos llenos de bocetos con fauna diversa.

Tarquius: Bestiario fue creado principalmente como material de referencia para completar la lectura a mi saga de fantasía épica Tarquius: La Luz Decadente. Además, unir dos partes de la creación de mundos: la narrativa y el ambiente.

Espero que disfruten, tanto o más que yo, en este paseo donde visitaremos a 18 de los animales y bestias legendarias que deambulan en el continente de Leriul.

Dicho todo esto, espero en un futuro traer muchas entregas de bestiarios para complementar mi querido mundo de Tarquius.

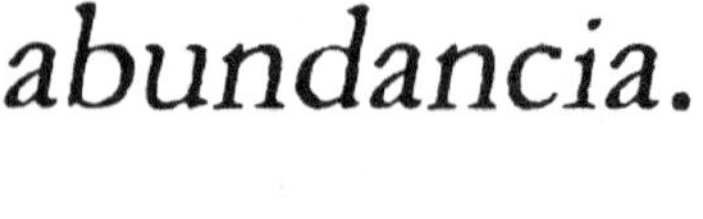rumer

Un animal porcino con grandes colmillos y un casco óseo del cuál sobresale un enorme cuerno; aunque no se ha podido domesticar, es cazado para la ingesta de varios habitantes de Leriul por su abundancia.

M. L. Barragán

Caballo

Equinos que recorren las llanuras y el desierto de Leriul; algunos criados por las diversas culturas como medio de transporte o para la guerra. Además, aquellos animales en Tarquius presentan un órgano al frente de su cabeza, se ha descrito como "un órgano de ubicación".

M. L. Barragán

Dragón Común

Los dragones de Tarquius vienen en diversas formas y tamaños; sin embargo, los "dragones comunes" llamados así por los locales humanos, llevan duras escamas de coloración rojiza o anaranjada. Capaces de lanzar fuego y abalanzarse desde las alturas sobre su presa, se ubican arriba de la cadena alimenticia. Aunque son cazados por el alto valor de las partes de su cuerpo y el peligro que representan a los pueblos y asentamientos pequeños, se han adaptado a las grandes cadenas montañosas donde pueden criar a su decendencia fuera de peligro.

Prul

Animal bovino de cría, usado como ganado y alimentación, los machos poseen enormes cuernos rellenos de un tuétano codiciado por su exquisito sabor. Los cuernos llegan a crecer tanto que pueden obstruir la visión y deformar el rostro.

M. L. Barragán

Grifo de las llanuras

Animal con un enorme pico, plumaje en la parte posterior de su cuerpo y pelaje similar a un mamífero en la parte anterior. Esta raza de grifos no posee alas a diferencias de otras; en cambio, se han adaptado a una vivir en grandes manadas. No compiten en territorio contra las Gruntherias, Lobos y Leones puesto que viven en el extremo este del continente donde han sobresalido a otras especies de animales. Algunos grupos de humanos y eyiintias han domesticado Grifos de las Llanuras para usarlos como rápidas y poderosas monturas.

M. L. Barragán

Grifo piel de piedra

Un grifo robusto de grandes alas, generalmente solitario y nocturno. Sus patas traseras se encuentran protegidas por escamas tan duras como la piedra, lo que originó su nombre. Criaturas del cielo y enemigos naturales de los dragones, evitan siempre el contacto con las civilizaciones o sus habitantes.

Grolx

Reptiles de gran tamaño, los grolx son criaturas inofensivas pero terriblemente aceleradas y nerviosas. Son usadas para recorrer cortas o medianas distancias a una velocidad increíble, perfecta para una línea de mensajería donde la red de información se encuentra asegurada. Actualmente han dejado de usarse por el ejército pues existen registros de accidentes provocados por su arbitraria actitud.

M. L. Barragán

Gruntheria

Del grupo de los grandes y extraños reptiles, las gruntherias suelen vivir en grandes manadas, generalmente en las montañas y cordilleras; sin embargo, hay manadas que se alejan de las formaciones rocosas y compiten por el territorio contra sus enemigos mortales: los lobos. Además de sus familiares salvajes, existen gruntherias domesticadas que sirven como montura para los enanos o como animales de carga para el resto de las civilizaciones.

M. L. Barragán

Gruul

De la Familia de los grandes reptiles, los gruul son mucho más dóciles y mansos que sus parientes más cercanos, las "Gruntherias". A diferencia de otros reptiles, las piernas de esta familia se encuentran por debajo y no a los costados, además de que su sangre es cálida. Por su calmada actitud así como su dieta a base de hongos y frutas blandas, los gruul son perfectos para recorrer grandes distancias sin perder ritmo, lo cual, los convierte en perfectas bestias de carga.

Halcón

Veloces Aves de rapiña que surcan en las alturas cazando animales más pequeños. Diversas especies han sido registradas por Los Lerulianos; la más inteligente y particular de ellas es la nativa de Astares pues se ha adaptado al ambiente inhóspito de la cordillera y formado una relación estrecha con los meellots asterion.

M. L. Barragán

Invak

Canino que habita en Leriul y compite por el territorio y comida contra sus enemigos naturales: Las Gruntherias y los Leones. Viven en grandes manadas asolando inclusive pueblos pequeños de diversas civilizaciones; en determinada ocasión se consideraron una plaga que azotó Leriul bajo la influencia mágica de la Reina Invak. Gracias a esto, a su gran taza de natalidad y sus extremidades parecidas a las malzares de los meellots, el nombre de su especie se usa como peyorativo de los sucesores Grustock.

León

Mamífero que recorre la mayoría de las tierras de Leriul, generalmente venerado por distintas culturas por leyendas creadas detrás de su imagen, son criaturas que han proliferado. La melena de los machos es mucho más densa y fuerte que el pelaje de su contraparte terrestre. Algunos leones han sido criados desde hace milenios por antiguos reyes y legendarios héroes por lo que algunos presentan una mayor inteligencia.

Lonan

Animal de tamaño medio criado en ganadería por sus grandes costillares usados para diferentes guisos a lo largo del Oeste de Leriul.

M. L. Barragán

Mamut Nómada

Enormes criaturas que retumban el suelo al caminar. Vagan por todo el Oeste de Leriul alejados de los asentamientos de las diversas culturas. En su etapa adulta suelen ser ignorados por la mayoría de los depredadores, aunque se registró, por un autor desconocido, una ocasión en la que un grupo de dragones cazó un Mamut Nómada. Si esto no ocurre, suelen morir en el extremo noroeste, eligiendo aquel sitio de eterno descanso como si de una tradición se tratara.

Mothrin

Animal de Gran tamaño, suele estar rodeado de espinas y se alimenta exclusivamente de semillas que también suelen acompañar los guisos de dicho animal; su carne es valuada en muchos balbos por lo cual ha llevado al mothrin a una disminución considerable en sus ejemplares vivos.

M. L. Barragán

Pulpo del Anhio

Pulpos extraños que se adaptaron a vivir en el inusual ambiente de los ríos de anhio, son presas de halcones y otros animales. En sus patas poseen órganos adaptados para controlar el movimiento en las vertiginosas y cambiantes corrientes del anhio.

Sinnia

Bestia mitológica de la cultura Taulaniana y adoptada por la región de Kalus como escudo y símbolo. Se dice que la Sinnia puede adoptar cualquier forma y tamaño teniendo dentro de sí la capacidad de comprender y ser parte de cualquier especie en cualquier parte de Tarquius. Inteligente, cordial y majestuosa es el representación perfecta para una región habitada por múltiples razas, especies y culturas.

M. L. Barragán

Wadu

Ave regordeta de gran tamaño cuyas plumas coloridas son usadas para vestimenta y creación de adornos, aunque el principal propósito de la cría de este animal es el consumo de su carne y de los enormes huevos que pone con bastante rapidez. Actualmente no hay registro de Wadus salvajes. Aunque los hombres Gato se especializan en platillos donde la carne de wadu es el principal ingrediente, la mayoría de los pueblos y ciudades crían y consumen este animal.

OTROS LIBROS DE TARQUIUS: LUZ DECADENTE

Tarquius: Relatos de un Mundo
Eterno

Tarquius: Relatos del Reinado
de la Oscuridad